RENOU ET MAULDE

IMPRIMEURS DE LA COMPAGNIE DES COMMISSAIRES-PRISEURS

Rue de Rivoli, 144.

COLLECTION ORIENTALE

DE

M. DE B...

VENTE LES JEUDI 16 & VENDREDI 17 AVRIL 1868

Mᵉ CHARLES OUDART
COMMISSAIRE-PRISEUR

M. ÉMILE BARRE
EXPERT

CATALOGUE

DES

OBJETS

ORIENTAUX

Faïences de Perse & Hispano-Mauresques;
Armes Orientales;
Bronzes incrustés d'or & d'argent; Cuivres gravés;
Grand Cabinet en chêne incrusté d'ivoire;
Meubles orientaux, Tables, Coffrets, Instruments
de Musique;
Tapis de Perse & autres; Étoffes Brodées;

COMPOSANT LA COLLECTION DE M. G. DE B.......

DONT LA VENTE AUX ENCHÈRES PUBLIQUES AURA LIEU

HOTEL DROUOT

SALLE Nº 6

LES JEUDI 16 & VENDREDI 17 AVRIL 1868

Par le ministère de Mᵉ **CHARLES OUDART,** Commissaire-Priseur,
boulevard des Italiens, 26,
Assisté de M. **ÉMILE BARRE**, Expert, rue de la Chaussée-d'Antin, 20,
Chez lesquels se délivre le présent Catalogue.

EXPOSITION PARTICULIÈRE

Le Mardi 14 Avril 1868

EXPOSITION PUBLIQUE

Le Mercredi 15 Avril 1868

PARIS — 1868

CONDITIONS DE LA VENTE

———

Elle sera faite au comptant.

Les Acquereurs paieront CINQ POUR CENT en sus du prix d'adjudication, applicables aux frais.

———

La Collection que nous offrons au public a été formée pendant plusieurs voyages et p'usieurs séjours en Orient. Les pièces qui la composent n'ont donc point passé par les mains des marchands, ni sur les tables de l'Hotel Drouot.

La série des Faïences de Perse offre plusieurs pièces remarquables, sans compter la grande Coupe n° 1, qui est jusqu'à présent la pièce la plus importante et la mieux réussie que nous connaissions de cette belle fabrication, et nous croyons qu'il serait difficile, pour ne pas dire impossible, de former une réunion de pièces de ce goût, aussi complète par le choix et la qualité des pièces qui la composent et témoignent de la science et de l'éclat de la Céramique Orientale.

Le Casque n° 52 est d'un style et d'une époque qui le recommandent suffisamment aux Amateurs d'Armes Orientales et le distinguent de tous ces casques de fabrication moderne que l'on voit communément.

De superbes Tapis, Étoffes et quelques Bronzes complètent cette réunion d'Objets Orientaux, qui deviennent plus rares chaque jour.

DÉSIGNATION

Faïences de Perse.

1 — Grande Coupe sur piédouche ornée extérieurement de grandes palmes et de fleurs, à l'intérieur des tulipes et des fleurettes blanches mêlées à des rinceaux d'ornements et à des médaillons. Le vert composé, le violet de manganèse, le bleu lapis employés dans l'ornementation de cette belle pièce forment une décoration très-riche et très-harmonieuse. Rien n'est plus splendide en ce genre que cette coupe; c'est l'une des plus grandes et des plus savantes pièces venues de l'Iran. (Voir les *Merveilles de la Céramique*, par M. Jacquemart, page 244, et la gravure, page 243.)

2 — Coupe sur piédouche très-élevé, le pied, le bord intérieur et le fond émaillés de fleurs et d'ornements sur fond rouge.

3 — Grande Bouteille fond blanc, ornée d'arabesques en bleu foncé, le nœud en bleu lapis.

H. 47 c.

4 — Autre Bouteille de même importance, décoration formée de grappes alternées de fleurettes rouges et bleues.

5 — Vase à anse droite en forme de chope, richement décoré de palmettes dentelées et d'écussons bleus, rouges et verts sur fond blanc.

H. 26 c.

6 — Vase de même forme décoré de fleurs, de palmes, pommes de pin et de fleurettes.

H. 28 c.

7 — Pot à anse et à col évasé ; la décoration, formée de zones d'écussons imbriquées, émaillées alternativement de vert d'eau et de bleu céleste, est d'une grande élégance.

8 — Pot de même forme, décoré d'imbrications vert d'eau et semé de petites palmettes réservées en blanc.

9 — Petit Pot à anse fond bleu turquoise et palmettes blanches et noires.

10 — Vase forme potiche, le fond bleu d'outre mer, orné de palmes et de fleurettes blanches rehaussées de rouge.

11 — Autre Vase forme de potiche basse à large ouverture, fond blanc, palmes et écussons verts et rouges.

12 — Chope fond bleu lilas, fleurettes blanches et feuilles vertes, la bordure du haut et du fond rouge, et feuillage vert.

13 — Chope à fond blanc, émaillée d'écussons à fond rouge et à fond bleu.

14 — Pot à eau à fond blanc, à décors d'œillets rouges et fleurs bleues.

15 — Bol à fond blanc, décoration polychrome.

15 bis. Vase forme bouteille à col évasé, fond blanc, décoré d'œillets rouges et feuillages.

16 — Autre Bol en terre émaillée de couleur grise, orné de fleurons bleus et de petites fleurs rouges.

17 — Petite Chope décorée de tulipes bleues et de fleurs rouges.

18 — Autre Chope à peu près semblable de forme et de décors.

19 — Vase à anses de suspension offrant sur la panse des caractères arabes. Ce vase a pu servir de lampe.

20 — Pot à anses, fond verdâtre.

21 — Pot à anses à côtes alternées rouge et vert.

22 — Chope à fond blanc ornée de fleurs.

23 — Vase à anses, décor polychrome.

24 — Autre vase analogue.

25 — Petit Plat creux d'une décoration très-fine et très-compliquée.

26 — Soucoupe fond blanc a ombilic très-saillant.

27 — Petite coupe sur piédouche d'une forme très-élégante. Le fond vert d'eau, parsemé de traits noirs, présente des animaux et des oiseaux fantastiques se détachant en blanc, rehaussé de bleu sur le fond, d'une couleur très-harmonieuse.

28 — Plat à fond rouge de fer, orné de palmettes bleues et de fleurs vertes.

29 — Plat à décor polychrome ayant conservé quelques traces de dorure ancienne.

30 — Plat à fond bleu céleste orné de fleurs, encadré par un ornement vert d'eau.

31 — Plat creux à décor polychrome, fleurs et palmes.

32 — Plat d'ornementation à peu près semblable.

33 — Deux autres plats même décor.

34 — Six petites Tasse fond blanc et décor jaune et bleu.

35 — Coupe sur piédouche à fond blanc et ornements bleus.

36 — Deux Tasses plus grandes avec leurs soucoupes et Médaillons réservés en blanc.

37 — Vase à anses, fond vert et ornements bleus et blancs.

38 — Autre vase à anses, fond blanc et ornements verts et rouges.

39 — Grande et belle Plaque d'un bel émail, richement décorée de tulipes rouges, jacinthes bleues et palmes dentelées bleu turquoise. (Gravé dans l'ouvrage de M. Jacquemart, les *Merveilles de la Céramique*, p. 230; gravé en couleur dans le Recueil l'*Art pour tous*, édition du 15 novembre 1867.)

40 — Deux grandes Plaques encadrées à rosaces et palmes émaillées en bleu et bleu turquoise; très-beau style de décoration.

41 — Plaque provenant de la même combinaison d'ornementation.

42 — Autre Plaque à décor polychrome.

43 — Deux Plaques plus petites, émaux violacés rehaussés de bleu et de blanc.

Faïences Hispano-Mauresques

44 — Beau Plat creux : sur un fond semé de fines arabesques de couleur jaune s'élève une riche décoration moresque d'ornements bleus du meilleur style, fermée d'écussons et de losanges.

45 — Plat creux à reflets mordorés, à ombilic saillant et fleurons émaillés en relief sur le marly.

46 — Grand Plat à reflets rouges très-vifs, à larges bords. Il est accompagné du vase. Anse placée sur l'ombilic.

47 — Petit Plat à reflets très-vifs, rouges. Il est sur piédouche et présente six godets creux.

48 — Grand Plat à reflets, décoré très-richement, à ornements saillants et caractères dans les bandes circulaires.

49 — Coupe profonde très-évasée par le haut, à reflets métalliques.

50 — Autre Coupe plus petite, même ornementation.

51 — Très-beau Vase forme potiche, de fabrique siculo-arabe. — Des caractères arabes qui occupent toute la hauteur de la panse, réservés en blanc cerclé de noir, forment sa décoration et s'enlèvent sur un fond brun noirâtre semé de petits traits blancs et d'ornements bleu foncé. Très-beau spécimen de cette fabrication.

Armes orientales.

52 — Très-beau Casque à bombe, en damas. — Il est orné d'une large frise offrant des caractères arabes. La calotte, divisée en huit zônes par des bandes en damas incrusté d'or et champ-levé, offre alternativement un écusson orné de caractères arabes et de lions dans des rinceaux de fleurs. Ce casque, du plus beau style et d'un travail précieux, nous semble une œuvre du xvᵉ siècle. Il est muni de deux porte-aigrettes et d'un couvre-nuque de mailles en fer et cuivre.

53 — Autre Casque à bombe en damas uni, à riche ornementation de fleurs et d'écussons incrustés en or. La frise porte aussi des caractères arabes. Bonne conservation.

Cette pièce est gravée dans l'*Art pour tous*, du 31 août 1867.

54 — Petite rondache à six bossettes, en fer damasquiné d'argent, de très-fine ornementation.

55 — Grande Rondache en rhinocéros à bossettes, en cuivre doré. — Il est richement décoré de sujets de chasse et de cavaliers, d'animaux, de rinceaux et de fleurs très-finement exécutées. Travail de l'Inde.

56 — Grand Bouclier turc en cuir noir, orné de quatre bossettes en cuivre doré et émaillé.

57 — Fusil turc, garni en argent, orné d'incrustations en nacre et en cuivre.

58 — Fusil indien, à crosse relevée, en argent niellé d'un travail très-fin, offrant une ornementation de personnages, de fleurs et de rinceaux dans un parfait état de conservation.

59 — Petit Fusil circassien, le canon en damas strié d'incrustations d'argent, garniture en fer gravé.

60 — Fusil à long canon et à crosse plate en fer repercé et ciselé. Travail ancien de la Sardaigne.

61 — Autre Fusil, semblable au précédent.

62 — Paire de Pistolets circassiens ; les canons sont plaqués en argent niellé, le bois couvert en cuivre et les batteries damasquinées d'or.

63 Autre paire de Pistolets, canons en damas ronceux, garniture en argent niellé et filigrané, batteries damasquinées d'or.

64 — Fer de lance porte-étendard, à double lame, rehaussé d'or. Travail turc très-ancien.

65 — Hache d'armes en damas enrichi d'inscrutations en or.

66 — Hache en damas finement gravée et damasquinée d'or et enrichie de turquoises.

67 — Hache en damas incrustée d'or, garniture en argent.

68 — Hache en fer, incrustations d'argent très-saillantes.

69 — Petite Hache en fer damasquiné d'or, garni en cuir.

70 — Marteau d'armes en fer damasquiné en argent.

71 — Autre petit Marteau d'armes en fer damasquiné d'or.

72 — Grande Hache de cérémonie en damas incrusté d'or. Travail turc du xviiie siècle.

73 — Autre Hache de même grandeur et de même travail.

74 — Poignard droit, poignée en vache marine, ornée de corail et d'argent doré. La lame à arêtes saillantes damasquinée d'or.

Travail ancien de l'Asie-Mineure.

75 — Yatagan en argent repoussé et ciselé, la lame en damas.

76 — Autre Yatagan, fourreau en argent repoussé et gravé.

77 — Cartouchière turque en argent repoussé, garni de
sa chaînette. Travail du xviiie siècle.

78 — Amorçoir de forme recourbée, en argent niellé.
Travail circassien.

79 — Petit Amorçoir en fer damasquiné d'or. Travail
indien d'une très-grande finesse d'exécution.

80 — Petit Yatagan à poignée niellée et doré, le fourreau
en argent repoussé, garni de velours.

81 — Autre Yatagan de travail analogue.

82 — Kangiar à lame courbe en damas. Très-belle lame
à arêtes saillantes. La poignée damasquinée d'or
porte des caractères arabes.

83 — Kangiar à lame courbe. La poignée damasquinée
en or avec des sujets d'animaux et ornements en
relief. Lame en damas ronceux.

84 — Kangiar damasquiné d'or, de travail analogue.

85 — Kangiar en damas, incrustations d'or.

86 — Kangiar, poignée damasquinée en or.

87 — Cotte de mailles orientale, avec son collet dentelé
mi-partie fer et cuivre.

88 — Djerid ou Javelot, servant à la fantasia, fer doré,
incrustations d'argent.

89 — Baguette en fer et cuivre, servant à bourrer les
pistolets. A l'intérieur, une pincette pour allumer les
pipes.

90 — Arc persan ancien, peint et doré.

91 — Lot de cartouchières en cuir garni de plomb et en cuivre.

92 — Paire d'Étriers turcs, en cuivre ciselé et doré, du temps de Louis XV.

Kangiar circassien, avec poignée en ivoire et ornements en fer damasquiné d'or.

Autre avec lame damasquinée.

Autre, persan, avec inscription sur la poignée.

Couteau avec lame de Damas, gravée.

Hache d'armes damasquinée et ornée de turquoises.

Fusil oriental, à canons de Damas incrustés d'or, bois orné d'appliques en argent et la crosse marquetée d'ivoire et de cuivre.

Autre Fusil, de travail analogue.

Autre Fusil,   id.

Marteau de fer damasquiné d'argent.

Kangiar en fer damasquiné d'or.

Autre avec poignée en morse, fourreau en fer damasquiné d'or.

Bronzes incrustés d'or et d'argent,
Cuivres gravés et dorés.

93 — Très-beau Bol en bronze incrusté d'arabesques, de caractères et de fleurs en argent et en or.

94 — Flambeau arabe damasquiné d'argent, d'un travail très-fin et d'une bonne conservation.

95 — Autre Flambeau à peu près de la même forme.

96 — Grande Cafetière turque, à large panse, richement décorée de bandes unies et gravées alternant, anse à torsades. Cette pièce, qui a conservé complétement son ancienne dorure, est un travail du xviiie siècle.

97 — Vase arabe en cuivre gravé très-finement, il est à goulot et à anse superposée ; sur le couvercle, quelques traces de l'émail qui revêtait cette partie du vase. Travail très-ancien et forme curieuse.

98 — Flambeau persan, de forme droite, à pans coupés, couvert d'ornements gravés.

99 — Aiguière orientale en cuivre repoussé et gravé; elle est ornée de rosaces formant saillie, émaillées de couleur bleue et vert d'eau.

100 — Petit Bol à couvercle, en métal incrusté d'argent. Travail ancien de l'Inde, d'un style gracieux et d'une parfaite conservation.

101 — Petit Vase pour pied de pipe, du même travail.

102 — Autre Pied de houka, gravé et incrusté d'étain et d'émaux à froid.

103 — Petit Vase persan en cuivre gravé et doré, à deux anses.

104 — Aiguière orientale en cuivre gravé et étamé, et Plateau de même travail.

105 — Canne à pomme ronde incrustée de nacre et de cuivre.

106 — Grand Bol en cuivre gravé et étamé.

107 — Bol plus petit, de même travail, mais d'une finesse d'exécution très-remarquable.

108 — Bol en cuivre gravé.

109 — Deux petites Sébiles turques, cuivre gravé et cuivre étamé.

110 — Bol en cuivre gravé et étamé.

Aiguière en cuivre repoussé, ornée de plaques émaillées, le couvercle garni de turquoises.

Tasse et son Plateau, en bois de fer incrusté d'or et d'argent.

Aiguière et son Plateau à grille, en bronze gravé et repoussé, ornés de petites plaques rondes en émail.

Narghilé persan, émaillé, à figures et fleurs; l'œuf est décoré de sujets de chasse.

Meubles, Tapis, Objets divers.

111 — Cabinet en ébène incrusté d'ivoire de la fin du
xvie siècle. Les devants des tiroirs, les plaques de
chaque côté du meuble offrent des sujets empruntés
à l'histoire et autres. La porte est accostée de deux co-
lonnes en ivoire gravé, orné de figurines et d'arabesques dans le goût de la renaissance. A l'intérieur,
une quantité de petits tiroirs très-finement gravés sur
ivoire.

112 — Meuble Toilette de femme turque. Il est à abattant
et renferme plusieurs tiroirs. Il est entièrement pla-
qué d'écaille et de nacre.

113 — Petit Coffret de même travail.

114 — Table de harem ancienne, en écaille, nacre et os.

115 — Table moderne, en poirier sculpté et noirci.

116 — Plafond de mosquée du xve siècle, en bois, à com-
partiments. Acheté au Caire.

117 — Tapis persan, brodé en soie sur toile de coton
écru. Les couleurs les plus vives et les plus harmo-
nieuses, le goût parfait, l'arrangement et la parfaite
conservation de ce beau travail, le recommandent suffisamment.

118 — Tapis de Table ronde, brodé et soutaché sur fond
de drap gris. Fabrication d'Ispahan.

119 — Tambour de basque algérien en nacre et écaille.

120 — Rebec arabe avec son archet.

121 — Petite Pipe en terre rouge, le tuyau garni en argent niellé, orné de turquoises.

122 — Narghilé de Constantinople, en cristal monté en cuivre.

123 — Kalian persan.

124 — Bracelet arabe, cuivre estampé et pendant d'oreille.

125 — Bracelet ancien de femme kabyle, formé de plaques carrées à cloisons émaillées et reliées entre elles par des branches de corail.

126 — Autre Bracelet de même travail.

127 — Syllabaire persan et deux peintures sur papier de talc.

Ancienne Table basse, finement sculptée.

128 — Couverture de livre, peinture sur carton.

129 — Autre Couverture plus petite.

130 — Deux Miniatures sur ivoire, travail de l'Inde.

131 — Coffret en fer gravé, travail allemand de la fin du xvie siècle.

132 — Petit Miroir à manche en fer poli, le revers présente une ornementation de style arabe très-ancien.

133 — Grande Bouteille en terre vernissée de Constantinople.

134 — Petit Support en bois sculpté et doré.

Deux pièces de costume monténegrin.

135 — Un Lot d'anciennes monnaies turques.

136 — Terre cuite représentant un homme assis.

137 — Boîte en marqueterie de cuivre, écaille, nacre. Travail persan moderne.

Trois paires de rideaux à fond blanc, ornés de bandes brodés à fond rouge, travail persan.

Beaux et anciens tapis de la Turquie d'Asie.

Portières décorées de fleurs brodées sur fond blanc.

Grandes bandes d'étoffes, alternées de damas rouge et de soie brochée à fleurs.

Ancienne et grande portière, tapis de la Turquie d'Asie.

Très-beau Coussin persan, en soie brodée.

Deux pièces en guipure de Venise.

RENOU et MAULDE, imprimeurs de la Compagnie des Commissaires-Priseurs, rue de Rivoli, 144.   13508

(…) 220.

145.

(modèle …) 200. — le Duc Devilliers

délicieux de ton et de dessin
Paul Fould. 400

300.

Schickler. 360.

beau de ton

dans le genre de celles déjà achetées à l'Exp^on^. (carré) mais un peu plus ancien

Imprimé en France
FROC021853210120
23239FR00023B/603/P

9 782329 362670